LSTA
E
MED

Meddaugh, Susan.

Martha habla.

$15.45

Grades K-2
04-1101

DATE		

SUSAN MEDDAUGH

Traducción de Alejandra López Varela

A la familia Finney

MARTHA HABLA

Spanish translation copyright © 1997 by Lectorum Publications, Inc.,
Originally published in English under the title
MARTHA SPEAKS
Copyright © 1992 by Susan Meddaugh

Published by special arrangement with Houghton Mifflin Company.

ISBN 1-880507-55-2 (PB)
1-880507-32-3 (HC)
Printed in the U.S.A.

Meddaugh, Susan.
    [Martha speaks, Spanish]
    Martha habla / Susan Meddaugh; traducción de Alejandra López Varela.
        p. cm.
    Summary: Problems arise when Martha, the family dog, learns to speak after eating alphabet soup.
    ISBN 1-880507-55-2
    [1. Dogs-Fiction. 2. Spanish language materials.] I. López Varela, Alejandra. II. Title.
[PZ73.M373   1997]
[E]—dc21
                                                                       97-2238
                                                                        CIP
                                                                        AC

LECTORUM
PUBLICATIONS, INC.
111 EIGHTH AVE., NEW YORK, NY 10011-5201

El día que Elena le dio su plato de sopa de letras a Martha, su perra, ocurrió algo insólito.

Las letras de la sopa subieron al cerebro de Martha,
en vez de bajar a su estómago.

Esa misma noche, Martha comenzó a hablar.

La familia de Martha tenía muchas cosas que preguntarle.
Y, por supuesto, ella tenía muchas cosas que contarles.

La sopa de letras se convirtió en la comida habitual de Martha. Su familia se divertía mucho al ver cómo la gente se sorprendía al oír hablar un perro. Sacar a Martha era muy entretenido.

¡Oye, Rinty! ¿Cómo van esas pulgas?

Todas las noches pedían pizza a un restaurante diferente.

Enseñaron a Martha a utilizar el teléfono.

Pero esto resultó ser un gran error.

Muy pronto, comenzaron a entregar algo más que pizzas.

Mientras tanto, la familia y los amigos no dejaban de asombrarse.

Aunque había algunos que lo ponían en duda,

Martha siempre decía la última palabra.

Pero había un pequeño problema:
ahora que Martha podía hablar, no había modo de callarla.
Decía todo lo que le venía a la mente.

Algunos de sus comentarios avergonzaban a la familia.

Y siempre, siempre decía la verdad.

A veces no entendía por qué
su familia se disgustaba con ella.

Pero a pesar de ello, Martha hablaba sin parar.
Hablaba durante el programa favorito de la familia,

pero cuando ponían su programa
preferido, no decía ni mu.

Se le ocurría hablar cuando todos se sentaban a leer.

Y hablaba y hablaba...

Nací en un callejón. Mi madre era de familia humilde, pero muy unida. Aunque no tengo **pedigree**, mamá estaba decidida a criarnos bien y prepararnos para saber enfrentarnos al mundo después de ocho semanas. Mucho antes de que abriéramos los ojos por primera vez, mamá nos dijo: "Son perros, no gatos. Nunca lo olviden" Bla, bla, bla, bla, bla. Todavía recuerdo los consejos que mamá nos dio: ① Tengan cuidado con los niños de dos años Bla, bla, bla. con pinzas para la ropa. ② El mejor lugar para Bla, bla, bla. estar a la hora de la cena, es debajo de la mesa. ③ Nunca confundan el tronco de un árbol con la pierna de un ser humano.

Bla...
Bla... (Esto, sin duda, iba dirigido a mis hermanos).
Bla...
Bla, Bla... ④ Si es blanco y negro y huele mal, no es un gato.
Bla... ¡No lo persigan! Hablando de gatos, entiendo
su idioma pero no lo hablo. Bla, bla, bla, bla.
Bla... Bla...
Bla... ¿Dónde me quedé?
Bla... Bla... Bla...
Bla... Bla... Ah, sí... Bla...
Bla... Bla... Bla, bla, bla, bla.
Bla, bla, bla, Bla...
Bla...
Bla... Bla Bla...

sin parar...

¿Sabían que mi mamá ya me había puesto nombre antes que ustedes? Todos teníamos nombre. Yo era Tres. Mis hermanas eran Una, Seis y Siete. Mis hermanos eran Dos, Cuatro, Cinco y Ocho. Ocho nunca me gustó mucho, pero Seis me caía muy bien... Bla, bla, bla...

Nunca olvidaré la cara de mi padre cuando nos vio a todos. "¡Madre mía! ¡Cuántos!" dijo.

¡Era muy simpático!

Bla, Bla, BLA

Bla, BLA B BLA

Bla, bla, bla Bla

Bla, bla, bla

Bla, bla, bla Bla, bla, bla... BLA... BLA...

Y cuando yo tenía dos años... Bla, bla, bla

hasta que su familia no aguantó más y dijo: ¡Martha, *por favor*!

—¿Qué pasa? —preguntó Martha.

—¡Qué hablas demasiado! —gritó el padre.

—¡No paras de hablar! —dijo la madre.

—A veces pienso —dijo Elena—,
que hubiera sido mejor que nunca hubieses
aprendido a hablar.

A Martha se le cayó el mundo encima.

Al día siguiente, Martha no dijo ni una palabra.
No pidió que le dieran de comer, ni que la sacaran a pasear. No dio su opinión para nada, y se quedó quieta debajo de la mesa.

Al principio, su familia estaba feliz. Por fin tenían un momento de tranquilidad, pero luego comenzaron a preocuparse.

—¿Qué te pasa, Martha? —le preguntó Elena.

Martha no respondió.

El padre de Elena llamó al veterinario.

—Mi perro está enfermo —dijo—. No dice ni una sola palabra.

—¿Me está tomando el pelo? —le contestó el veterinario con brusquedad.

Elena le ofreció la sopa de letras a Martha una y otra vez,
pero Martha había perdido el apetito completamente.

La familia de Martha se preguntaba si volvería a hablar algún día.

Una noche que la familia había salido, Martha oyó el ruido de un cristal que caía al suelo.

"¡Un ladrón! —pensó asustada—, será mejor que llame a la policía".

Con cuidado, marcó el *911*.

Fue a abrir la boca para hablar...

¡pero Martha no había probado sopa de letras en varios días!

Martha corrió a la cocina.
Ladró, gruñó.
Intentó dar aspecto de fiereza.

El ladrón no se asustó. Simplemente, agarró una cazuela que estaba sobre la estufa.

—¡Oh, oh! —pensó Martha—. Me va a dar
un golpe. Pero para su sorpresa, el ladrón
colocó la cazuela en el piso, frente a ella.
—Toma perrita —dijo—. Verás que rico está.

El ladrón sonrió, encerró a Martha en la cocina,
y siguió con su tarea.

—¡Qué tonta! —dijo—.
Menos mal que le gusta la sopa de letras.

Cuando la familia regresó a casa, vio que la policía estaba arrestando a un ladrón.

—¿Cómo supieron que estaban robando en nuestra casa? —preguntó Elena.

—Recibimos una llamada en la comisaría —dijo el oficial—. Nos llamó alguien que se llama Martha.

—¡Eres estupenda, Martha! —exclamó toda la familia.

—Ya lo sé —contestó Martha.

Desde entonces, Martha come sopa de letras todos los días.
Está aprendiendo lo que debe decir y cuándo decirlo.
A veces no dice nada en absoluto...
por lo menos, durante algunos minutos.